D1001598

Remerciements

Un très grand merci à Jean-Marie Beuscard de la Cueillette de Mareuil-sur-Lay en Vendée pour sa relecture attentive, ainsi qu'à Marie-Rose Lecroc de la Cagette des saveurs, marchande de fruits et légumes, Catherine Ruetschmann de Clause-Tézier et Michel Noël de Ducrettet, semenciers, Florence Ghys de Bonduelle, M. Duval, producteur de pommes de terre, Philippe Stisi de la Semmaris et Sylvie Pasquet, maraîchère à Chailly-en-Bière, au Carreau des producteurs à Rungis, ainsi qu'à M. Jégou, producteur de plants aux Serres de Maubuisson.

Crédits photos

Couverture haut © Fotolia ; couverture bas © Maryse Guittet ; page de titre © Fotolia ;
p. 6-7 © Anne-Sophie Baumann ; p. 8-9 © Anne-Sophie Baumann ; p. 10-11 © Anne-Sophie Baumann ;
p. 12-13 © Anne-Sophie Baumann ; p. 14-15 © Maryse Guittet et Anne-Sophie Baumann ;
p. 16-17 © Anne-Sophie Baumann et Caroline Krzysko ; p. 22-23 © Anne-Sophie Baumann ; p. 26 © Anne-Sophie Baumann.

Conception et réalisation graphique : Maryse Guittet

Coordination éditoriale : Cécile Jugla

Conforme à la loi n° 49956 du 16 juillet 1949
sur les publications destinées à la jeunesse
Dépôt légal : novembre 2011
ISBN : 978-2-84801-599-6
ISSN : 0753-3454
Fabriqué en Malaisie
Éditions Tourbillon, 10 rue Rémy Dumoncel 75014 Paris – France

Comment poussent la salade et les autres légumes ?

Anne-Sophie Baumann

Illustrations de Didier Balicevic

Qui vend les salades au marché ?

TouRbill⊙n

Petit et grand marchés

« Les belles salades, approchez, approchez ! » crie Marie-Rose,
la marchande du marché. Mais où a-t-elle donc trouvé ses légumes ?

Voici Marie-Rose au petit marché.
Il est huit heures. Elle a installé
ses légumes sur son étal.
Comme ils sont beaux !

scarole

Et hop, quelques
gouttes d'eau :
ça rafraîchit, comme
la rosée du matin !

feuille de
chêne rouge

Pour que mes
salades soient plus jolies,
je recoupe deux
ou trois feuilles.

6

laitue

Que de salades !

Il existe plus de trente espèces de salades cultivées ! En voici quelques-unes :

Info +

La batavia	La romaine	L'endive	La chicorée frisée	la mâche	La roquette

Le très grand marché

Les petits commerçants trouvent de tout au grand marché, appelé le MIN (Marché d'intérêt national) : des fruits et des légumes, mais aussi de la viande, du poisson, des produits laitiers et même des fleurs !

Info +

7

Marie-Rose s'est levée à quatre heures du matin pour aller chercher ses salades au grand marché. Elle les a achetées à Lionel qui les fait pousser lui-même. Il est maraîcher.

Où ont poussé les salades ?

Dans le champ de salades

« C'est ici, dans ce champ, que poussent les salades du marché !
m'explique Lionel le maraîcher. Les ouvriers agricoles arrivent
très tôt le matin pour les récolter. C'est de la culture en plein champ. »

Des milliers de salades poussent dans ce champ !

batavias

lollo rossa

Au petit matin,
il fait encore frais,
les feuilles sont bien fermes :
il faut les couper avant
qu'elles ramollissent.

romaines

8

1

Il est cinq heures du matin ! Les ouvriers agricoles sont dans le champ.
Lionel, leur patron, leur indique les rangées de salades bonnes à cueillir.

Les ouvriers agricoles coupent des centaines de salades par jour !

le petit couteau de Patricio

Patricio a rempli une cagette : il la porte et l'empile sur d'autres.

3

Une, deux, trois... Il y a douze salades dans chaque cagette.

9

Dans sa rangée, Patricio coupe chaque pied de batavia à la main, avec un petit couteau, puis il dépose les salades dans une cagette.

2

4

Un tracteur à porte-palettes emporte les cagettes jusqu'au hangar de la ferme.

Elles sont ensuite chargées dans un camion. Direction : le grand marché !

Comment cultive-t-on les salades ?

Les travaux des champs

« Pour faire pousser mes salades dans le champ, m'explique Lionel, il a d'abord fallu préparer la terre, puis planter une par une de toutes petites salades... »

Au printemps, le tracteur affine la terre avec une herse, puis il l'aplatit avec un rouleau pour former une bande de terre fine appelée « planche ».

1

La terre se repose pendant l'hiver !

Moi, j'aère la terre et mes crottes la rendent plus riche.

À la fin de l'automne, le tracteur laboure le champ avec sa charrue. Les pieds et les racines des salades sont retournés. En se décomposant, ils vont nourrir la terre.

2

planche

Grâce au travail de la charrue, de la herse et du rouleau, la terre est de plus en plus fine !

3

une jeune pousse de salade, appelée un plant, dans son godet de terre

Info +

Agriculture « nature »
Certains maraîchers cultivent leurs légumes en n'utilisant aucun pesticide ni engrais chimique, mais seulement des produits d'origine naturelle, comme le fumier ou la cendre, et ceci en quantité limitée. Ils pratiquent l'agriculture biologique.

Peu après, le tracteur passe un rouleau denté qui creuse des trous réguliers dans chaque planche. À la main, les ouvriers agricoles placent une toute petite salade dans chaque trou.

J'utilise parfois des engrais pour que mes salades poussent mieux et plus vite.

4

Petites salades deviendront grandes ! Arrosées tous les jours, elles poussent pendant trois semaines environ. Elles peuvent alors être coupées !

Où ont poussé les petits plants de salades ?

Ce pesticide éloigne les animaux qui se régalent de mes salades : les ravageurs !

De la graine au plant

Les toutes petites salades viennent de chez le producteur de plants qui les a fait pousser. Mais qui lui a fourni les graines ? C'est le semencier !

CHEZ LE SEMENCIER

une salade montée en graines

1 Le semencier fait pousser des salades dans ses champs jusqu'à ce qu'elles fassent des fleurs ! Elles donnent alors... des graines !

2 Le semencier coupe les salades avec une machine qui récupère les graines et rejette les feuilles !

CHEZ LE PRODUCTEUR DE PLANTS

bac rempli de terre

Et une graine par godet, une !

boîte de graines

godet de terre

1 Le producteur de plants achète ses graines au semencier.

2 Il verse les graines de salades dans une machine qui les dépose chacune dans un godet de terre.

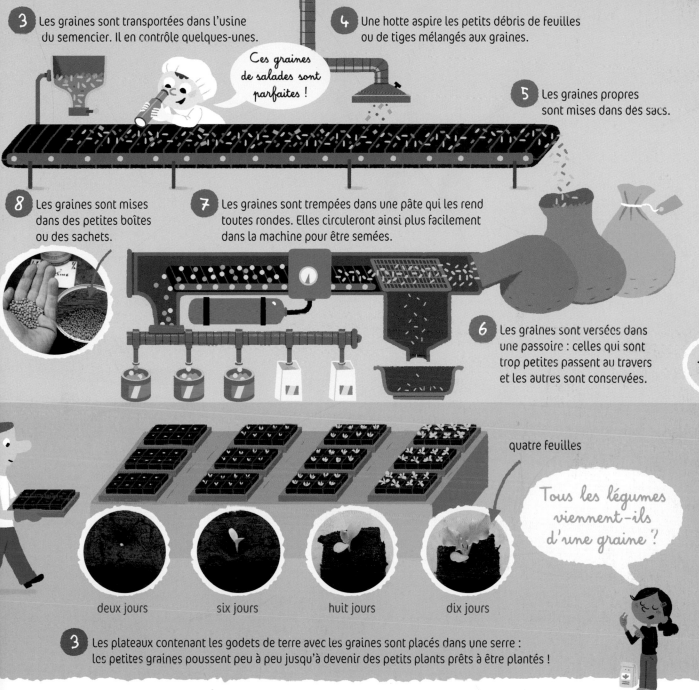

3 Les graines sont transportées dans l'usine du semencier. Il en contrôle quelques-unes.

Ces graines de salades sont parfaites !

4 Une hotte aspire les petits débris de feuilles ou de tiges mélangés aux graines.

5 Les graines propres sont mises dans des sacs.

8 Les graines sont mises dans des petites boîtes ou des sachets.

7 Les graines sont trempées dans une pâte qui les rend toutes rondes. Elles circuleront ainsi plus facilement dans la machine pour être semées.

6 Les graines sont versées dans une passoire : celles qui sont trop petites passent au travers et les autres sont conservées.

13

quatre feuilles

Tous les légumes viennent-ils d'une graine ?

deux jours   six jours   huit jours   dix jours

3 Les plateaux contenant les godets de terre avec les graines sont placés dans une serre : les petites graines poussent peu à peu jusqu'à devenir des petits plants prêts à être plantés !

Toutes sortes de graines

Presque tous les légumes viennent de graines, sauf quelques-uns qui poussent à partir de bouts de racines : les tubercules.

des graines de salades effilées comme des grains de riz

une salade batavia

des graines de petits pois toutes rondes

des petits pois dans leur gousse

des graines de radis rondes comme des petites billes

des radis

des graines de carottes ovales et plates

Mmm... ces graines sentent bon l'anis !

des carottes

des graines de tomates petites, aplaties et poilues

Là, je vois les graines !

des tomates

des graines de haricots verts mange-tout allongées et bombées

des haricots verts mange-tout

Drôle de racine !

Un tubercule est la partie gonflée d'une racine. Planté dans la terre, il donne d'autres tubercules ! C'est le cas des pommes de terre, mais aussi des crônes, des topinambours et, en Asie et en Afrique, des patates douces et des ignames.

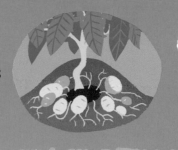

Info +

des graines de courgettes

des graines de cornichons allongées comme des gouttes

Les graines de cornichon et de concombre se ressemblent beaucoup, tout comme ces légumes !

des courgettes

des cornichons

un potimarron

des graines de potimarrons dorées

des graines d'aubergines en forme de petites lunes

Oh ! la grosse graine d'avocat !

Comment pousse une graine ?

une aubergine

Petit pois deviendra grand...

Comment une graine de petit pois peut-elle bien se transformer en une grande plante ? Voici les secrets de sa métamorphose...

1

graine

La graine contient une plante en miniature, appelée l'embryon.

Au début, la graine de petit pois est toute ronde, bien fermée. Mais si on l'arrose...

... la graine s'ouvre et quelques jours plus tard, elle germe : une petite racine sort vers le bas et une petite tige, vers le haut !

2

J'arrose un peu, mais pas trop...

tige

graine

racine

Pour germer, la graine a besoin d'eau et de chaleur.

Info +

Des graines qui se mangent !
On sèche les graines comme les haricots, les pois chiches, les lentilles, les fèves, le maïs... pour les conserver plus longtemps. On mange ces légumes secs en les faisant cuire dans l'eau chaude. Ils nous apportent plein d'énergie et de fer !

Il faut arroser régulièrement pour que la plante grandisse.

premières feuilles

tige

graine

racines

3

La racine aspire l'eau. La petite plante puise dans ses réserves pour grandir. Les premières feuilles apparaissent !

gousse pleine... de petits pois

5

fleur

petite gousse

feuilles

gousse

graine racornie

racines

Pour recommencer le cycle, semez un petit pois !

17

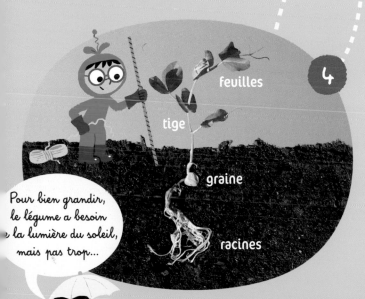

feuilles

tige

4

graine

racines

Pour bien grandir, le légume a besoin de la lumière du soleil, mais pas trop...

Des fleurs apparaissent ! Grâce aux abeilles qui les butinent, elles se transforment en gousses...

Les légumes poussent-ils tous comme les petits pois ?

Les feuilles captent la lumière du soleil et la plante grandit encore ! Les racines aspirent leurs aliments dans la terre.

Les légumes du potager

Observe les légumes du potager... Certains sont tout en feuilles, d'autres portent des fruits, d'autres encore forment de grosses racines... que l'on mange !

Les légumes-feuilles

Les légumes-fleurs

Les légumes-fruits

Les quatre saisons des légumes

Les légumes poussent d'avril à novembre en plein champ.
C'est à la fin de l'été que les paniers sont les plus remplis !

Au printemps

La nature se réveille ; les légumes aussi !
Asperges, carottes… : les premiers légumes
du printemps sont appelés des primeurs.

À ne pas rater :
les asperges
et les petits pois frais !

En été

La lumière et la chaleur du soleil de l'été font mûrir
les légumes-fruits, qui se gorgent de saveurs :
tomates, aubergines, courgettes…

À la bonne
ratatouille ! Achetez
mes tomates, mes aubergines,
mes courgettes !

20

Légumes voyageurs
De nombreux légumes, cultivés aujourd'hui en Europe, viennent de pays lointains, rapportés par des voyageurs d'autrefois. C'est le cas des tomates et des pommes de terre, originaires d'Amérique, et du concombre, venu d'Asie.

Info **+**

En automne

En cette saison, presque toutes les espèces de légumes poussent. Fin octobre, les courges font leur apparition : citrouilles, potirons, potimarrons...

> Les voici, les voilà, les jolis potimarrons de l'automne. Faites-en des soupes !

En hiver

Certains légumes poussent encore mais, parce qu'ils sont gorgés d'eau, beaucoup gèlent dès les premiers grands froids. Les choux et les poireaux résistent !

> Mangez du frais, même en hiver ! Ils sont beaux, mes poireaux !

> Comment peut-on cultiver des tomates et des salades en hiver ?

21

Des cultures abritées...

Les salades et les tomates ne poussent pas en plein champ en hiver : elles risqueraient de geler ! Mais où sont cultivées celles que l'on mange à la froide saison ?

C'est moi la pluie !

Info +

Petit tunnel !
En automne ou au printemps, les maraîchers protègent aussi leurs salades en les couvrant de longs voiles de plastique, appelés des « chenilles » !

En automne, les salades sont cultivées sous des serres en plastique qui les protègent du vent et de la pluie. Elles poussent en trois mois au lieu d'un mois en été !

Sur terre, sur mer et dans les airs

Des camions, des cargos et parfois même des avions traversent la planète pour nous rapporter des légumes venus de régions ou de pays où il fait chaud presque toute l'année : tomates du Maroc ou d'Espagne, haricots verts du Kenya… Cela use beaucoup de carburant !

Moi, le bourdon, j'ai transformé les fleurs en belles tomates.

Les tomates ont besoin de chaleur et de lumière ! L'hiver, elles poussent sous des serres en verre qui concentrent la chaleur. Parfois elles sont en plus chauffées par des radiateurs et éclairées par des lampes le matin et en fin de journée !

Elles sont alimentées en eau et en nourriture par des petits tuyaux. C'est la culture hors sol.

Ces tomates poussent sans terre dans des écorces de pin ou des fibres de noix de coco.

Comment conserve-t-on les petits pois en boîte ?

La mise en boîte des petits pois

Comment peut-on manger des petits pois cinq ans après leur récolte sans qu'ils soient abîmés ? En les mettant en conserve ! Explications...

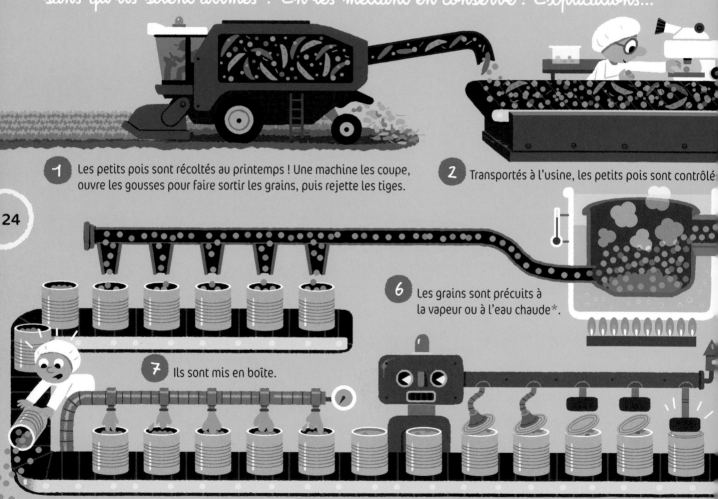

1 Les petits pois sont récoltés au printemps ! Une machine les coupe, ouvre les gousses pour faire sortir les grains, puis rejette les tiges.

2 Transportés à l'usine, les petits pois sont contrôlé

6 Les grains sont précuits à la vapeur ou à l'eau chaude*.

7 Ils sont mis en boîte.

8 Chaque boîte est remplie d'eau salée un peu épicée : le « jus ».

9 Puis elle est fermée par un couvercle**.

* C'est le **blanchiment**.   ** C'est le **sertissage**.

Conserver les aliments

Depuis l'Antiquité, les hommes conservent les légumes en les mettant dans du sel, du vinaigre, de l'huile ou même du miel. Mais c'est depuis le XVIIIe siècle, grâce à l'inventeur Nicolas Appert, qu'on sait les conserver en boîte.

Info +

3 Les petits pois passent sous des ventilateurs qui enlèvent les débris de gousses et de tiges.

Moyens, petits ou tout petits, les petits pois sont dits « fins », « très fins » ou « extra-fins ».

25

4 Puis ils sont lavés à l'eau fraîche dans des bacs.

5 Les petits pois sont triés selon leur taille en passant dans des passoires percées de trous plus ou moins grands.

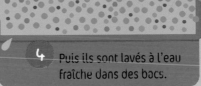
Comment fait-on les frites surgelées ?

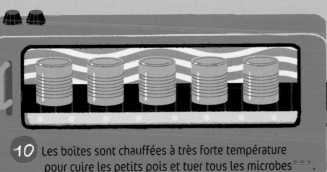

10 Les boîtes sont chauffées à très forte température pour cuire les petits pois et tuer tous les microbes***.

11 Les étiquettes sont collées sur les boîtes. Il ne reste plus qu'à les livrer au magasin !

*** C'est la **stérilisation**, qui permet de conserver les petits pois plusieurs années !

Les frites surgelées

Tu adores les frites surgelées bien dorées ? Voici le secret de leur préparation, depuis le champ de pommes de terre jusqu'à ton assiette !

1 Une machine creuse le sol du champ et arrache les pommes de terre. C'est une arracheuse de pommes de terre.

Avant d'arriver dans une benne, les pommes de terre circulent sur une grille qui fait tomber la terre qui les recouvre.

2 Les pommes de terre sont transportées à l'usine de frites.

Pratique, cet épluchage !

6 Elles passent sous des jets d'eau très chaude qui enlèvent leur peau.

7 Les pommes de terre pelées sont appuyées contre des couteaux qui les découpent en lamelles, fines ou épaisses, selon la taille voulue.

Les légumes congelés se conservent un an !

Les légumes surgelés se gardent plusieurs années.

De plus en plus froid !

Les bactéries qui font pourrir les légumes n'aiment pas le froid ! Elles s'endorment au-delà de –10 °C : c'est la congélation. Elles meurent à partir de –18 °C : c'est la surgélation.

Info +

3 Elles sont stockées dans l'obscurité pour ne pas germer.

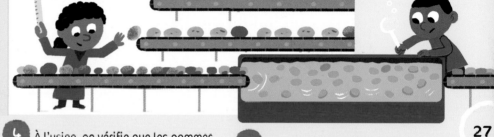

4 À l'usine, on vérifie que les pommes de terre sont de belle et bonne taille.

5 Les pommes de terre sont lavées dans l'eau pour ôter les petits morceaux de terre qui restent.

Hou ! là, là ! cette huile est brûlante : elle est à 175 °C !

8 Les lamelles de pommes de terre sont frites dans de l'huile très chaude.

9 Les frites sont refroidies très vite à –18 °C : elles sont surgelées.

10 Elles sont mises dans des sachets, puis livrées au magasin dans des camions réfrigérés.

Je fais mon petit potager

Une jardinière de salades

Matériel

- 3 plants de salades
- Une jardinière
- Un sac de terreau pour potager
- Un transplantoir
- Un arrosoir

Astuce antilimaces
Pose une coupelle de bière près de la jardinière. Les limaces l'aiment presque plus que les salades !

Je recouvre bien les racines.

Moi, je fais un trou tous les 15 cm.

1

Après avoir versé du terreau dans la jardinière presque jusqu'en haut, creuse trois trous avec le transplantoir : déposes-y chaque plant de salade.

Demande à un adulte de couper le pied de chaque salade avec un couteau.

2

Arrose tous les jours tes salades au pied. Un mois plus tard, récolte-les !

Des radis en cagette

Matériel

- Des graines de radis dits « de dix-huit jours »
- Une cagette de marché à fond plat
- Du terreau pour potager
- Un crayon
- Un arrosoir

Sème les radis à 1 cm les uns des autres.

1

Dans le terreau versé dans la cagette, trace deux sillons bien profonds avec le crayon et sèmes-y tes graines.

Il faut laisser un radis tous les 5 cm environ.

2

Les petits radis poussent très serrés ! Ôtes-en quelques-uns pour faire « respirer » les autres : tu les éclaircis.

Joli, ce bouquet !

3

Dix-huit jours plus tard environ, récolte tes premiers radis en tirant leur tige pour les arracher !

Des tomates dans le jardin

Matériel

- Des plants de tomates-cerises
- Une bêche
- Une serfouette
- Un transplantoir
- Des petits bâtons pour faire des tuteurs
- Du raphia

1 « C'est difficile de bêcher ! »

Prépare la terre du jardin. Demande à un adulte de la bêcher. Puis casse les mottes avec la serfouette pour affiner la terre.

2 « Je penche un peu les mottes pour que les racines se développent bien. » « Avec mon gant, je dépose des feuilles d'orties dans le trou : c'est bon pour les tomates ! »

Avec le transplantoir, creuse plusieurs trous en ligne, assez profonds. Dépote chaque plant, dépose-le dans un trou et recouvre ses racines de terre.

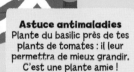

Astuce antimaladies
Plante du basilic près de tes plants de tomates : il leur permettra de mieux grandir. C'est une plante amie !

3 « Merci, les abeilles ! Grâce à vous, les fleurs donneront bientôt des tomates. » « Patience... : il faut presque deux mois pour avoir la première tomate ! »

Attache les tiges de tes plants à un tuteur avec du raphia, afin qu'ils poussent bien droit. Des fleurs apparaissent...

Astuce antipucerons
Recueille des coccinelles et dépose-les sur tes feuilles de tomates : en se régalant des pucerons, elles protégeront les plants de tomates !

4

Récolte petit à petit tes tomates-cerises. Bon appétit !

« Mmm... Et avec le basilic, c'est délicieux ! »